Para Ava, mi pequeño sol.
L. C.

A mi madre, mi fiel sostén, y a mi abuela,
a quien tanto me habría gustado regalarle este libro
C. P.

LA TRENZA

o el viaje de Lalita

TEXTO DE LAETITIA COLOMBANI
ILUSTRACIONES DE CLÉMENCE POLLET

Traducción del francés de Julia Osuna Aguilar

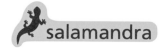

salamandra

Como todas las mañanas, Smita le desenreda el pelo a su hija Lalita. Nunca se lo ha cortado: en India, las mujeres no suelen cortarse el pelo; algunas no lo hacen jamás desde que nacen hasta que mueren. Smita divide la melena en tres mechones que luego entrelaza en una trenza.

Hoy, sin embargo, no es un día cualquiera.

Hoy es el primer día que Lalita va a la escuela.

Sus padres nunca fueron a la escuela. En Badlapur, el pueblo donde viven, la gente como ellos no puede ir. Los llaman *dalit*, intocables, «aquellos a los que no se debe tocar». Viven apartados del resto de la población y se les encomiendan las tareas que nadie quiere hacer.

Todos los días, Smita sale de casa cargada con su cesto y su escobilla y va a limpiar las letrinas de los campesinos. Allí no hay agua corriente: la gente hace sus necesidades en hoyos excavados en la tierra que luego deben vaciar mujeres como Smita. Ella odia su trabajo, pero no tiene elección: es un oficio que se ha trasmitido de madre a hija en su familia desde hace generaciones.

El padre de Lalita, Nagarajan, sale al amanecer de la choza donde viven en las afueras. Se dedica a cazar ratas. Como su padre antes que él, va a los campos y atrapa a los roedores con las manos.

Por la noche, Smita cocina las ratas del día, acompañadas de arroz. A la brasa no están tan malas: dicen que recuerdan al pollo. Nagarajan cuenta que su padre se las comía enteras, que sólo dejaba la cola. Esa historia siempre hace reír a Lalita.

Smita tiene un sueño: que Lalita vaya a la escuela y aprenda a leer, a escribir y a hacer cuentas. Le gustaría que pudiera elegir su oficio, que no se vea obligada, como ella, a vaciar las letrinas de los campesinos.

Le costó convencer a Nagarajan: «Ve a ver al brahmán, el maestro del pueblo», le dijo. «¿Para qué?», le respondió su marido. «Jamás aceptará a una intocable en su clase.» Smita le tendió la caja donde guardaba los ahorros. «Dale este dinero, quizá cambie de opinión.»

Nagarajan parlamentó largo rato con el maestro, que al final agarró la caja y cedió.

Lalita se prepara para el gran día. Smita toma el pintaúñas y le dibuja en la frente lo que allí llaman un *bindi*, un «tercer ojo».

«Te ayudará a concentrarte hoy.»

Por el camino, Lalita se aferra a la mano de su madre. De pronto, le entra el miedo. Se para. A Smita le gustaría decirle: «Alégrate, gozarás de buena salud, vivirás mejor y más tiempo que yo», pero no sabe cómo expresarlo, cómo confiarle sus sueños, sus esperanzas algo alocadas.

Así que le señala la escuela y le dice sin más: «Ve.»

Una vez en clase, Lalita se siente intimidada. El brahmán le pide que se acerque y le tiende una escoba: es una intocable, debe limpiar la clase delante de los demás niños. La pequeña está aterrada.

Cuando vuelve por la noche a la choza, Smita se encuentra a su hija hecha un ovillo. Tiene el sari roto. Furiosa, empieza a gritarle hasta que, de pronto, se queda paralizada: la niña tiene la espalda cruzada por marcas rojas.

«¿Qué ha pasado?»

La pequeña responde entre susurros:
«El maestro quería que barriera delante de los demás.
»Le he dicho que no.
»Y entonces me ha pegado con la vara de junco.»

Smita se queda sin aliento. Atrae hacia sí a Lalita y la abraza con todas sus fuerzas.

Tenemos que irnos de aquí», le dice Smita a su marido. No permitirá que vuelvan a pegarle a su hija. Cuentan que cerca del mar, en la otra punta del país, han abierto una escuela para niños intocables. Allí tratarían bien a Lalita, le enseñarían a leer y a hacer cuentas. Y ellos podrían encontrar trabajo. No tendrían por qué seguir comiendo ratas.

Nagarajan intenta que entre en razón: es un viaje demasiado peligroso. No tienen derecho a salir del pueblo. Si los campesinos los atraparan, el castigo sería terrible.

«Si no quieres venir, peor para ti», se dice Smita. «Nos iremos nosotras solas.»

Esa noche, Smita se arrodilla ante la imagen de Visnú, el dios de cuatro brazos de los hindúes. Le ruega que vele por ella y por su hija durante el largo viaje. Le hace una promesa: si logran huir, irán al templo de Tirupati para depositar una ofrenda a los pies de su estatua.

Cuando termina de rezar, guarda la imagen bajo la ropa. De pronto, siente como si un gran manto descendiera sobre sus hombros y la envolviera haciéndola invencible. Con Visnú de su lado, se siente segura.

Smita y Lalita corren a través de los campos dormidos sigilosas, para que no las oigan ni las vean los campesinos. La niña lleva consigo su única muñeca, una pequeña Phoolan Devi, la Reina de los Bandidos. Su madre le cuenta a menudo la historia de la célebre bandolera india: con la ayuda de su banda, defendía a los oprimidos y robaba a los ricos para dárselo a los pobres.

El alba lanza sus primeros rayos. Madre e hija alcanzan una carretera grande por la que pasan muchos camiones con un estruendo ensordecedor. Es la primera vez que Lalita se aventura tan lejos del pueblo. Está temblando como una hoja. Se agarra con fuerza a la mano de su madre.

Durante un buen rato, esperan junto a la carretera el autobús a Benarés, la ciudad sagrada. Smita está preocupada: ¿y si no pasa hoy?

Por fin aparece. A Lalita le sorprende la cantidad de gente que viaja en el autobús: hay hombres, mujeres, niños, gallinas... ¡y hasta una cabra en el techo!

Una vez en Benarés, Lalita descubre asombrada la ciudad. Se queda mirando los escaparates de las tiendas, que muestran objetos a cuál más insólito, objetos que nunca había visto.

Familias enteras se bañan vestidas en el Ganges, el gran río sagrado. Se sumergen en sus aguas para purificarse. No es extraño encontrar flores, animales muertos, e incluso velitas encendidas en las bodas que se celebran en la orilla.

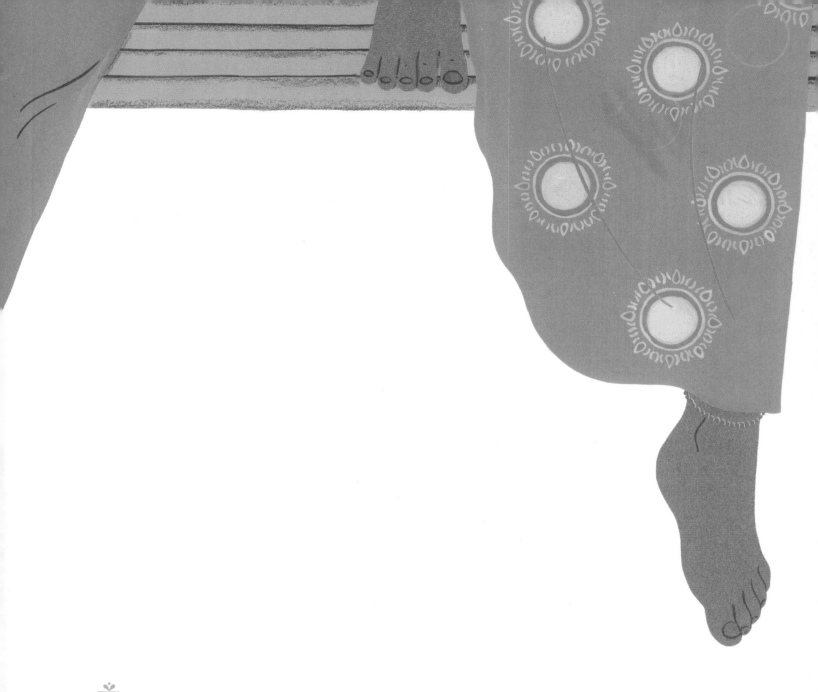

ogran llegar a la estación. Los trenes están abarrotados de gente. Madre e hija suben a un vagón atestado y, como pueden, se instalan en un rincón. Muchos viajeros van de pie, otros sentados en el suelo; hay incluso quienes se suben a los portaequipajes y se quedan con las piernas colgando como lianas de un gran árbol.

Tras varias horas de un viaje interminable, el tren se detiene en Tirupati. Smita no ha olvidado la promesa que le hizo a Visnú. Antes de seguir su camino, irán a rezar al templo edificado en honor del dios. Cuentan que su estatua tiene el poder de conceder deseos. Hay quienes le piden un matrimonio feliz; otros, una buena cosecha, y otros más, que los sane de alguna enfermedad.

Los peregrinos bajan en torrentes al andén cargados de mantas, maletas, vasos de metal, provisiones, flores y ofrendas; con niños en brazos y ancianos a cuestas. La estación parece un hormiguero donde bullen miles de insectos.

El templo se erige en lo alto de una montaña. Para llegar hay que subir por una escalera interminable.

«Ánimo», dice Smita. «¡Vamos allá!»

Los escalones son altos y empinados. Lalita se cansa enseguida. Le duelen los pies, tiene calor. Smita se echa su cuerpecito frágil a la espalda y continúa el ascenso.

uando llegan a la cima, el templo se abre ante ellas: es grande como una ciudad. Familias enteras se amontonan a las puertas, vestidas con sus mejores galas. Los hombres llevan *dhotis*; las mujeres, saris morados, rojos, verdes, amarillos, azules, dorados. A Lalita la asombra y la marea por igual ese torbellino de colores.

Les ofrecen *laddus*, unas bolitas de harina y azúcar que preparan los sacerdotes del templo, y se las comen de buena gana.

Para honrar a Visnú, los más ricos depositan ofrendas de víveres y flores, piedras preciosas y joyas. Los más pobres le dan el único bien que poseen: su pelo.

En el *kalianakata*, un edificio gigantesco, los barberos se afanan sin descanso día y noche: afeitan las cabezas de hombres, mujeres, niños y niñas. Lalita se echa a llorar: no quiere cortarse la trenza. Abraza con fuerza su muñeca.

«No te preocupes.
»No tengas miedo.
»Yo me lo corto primero.»

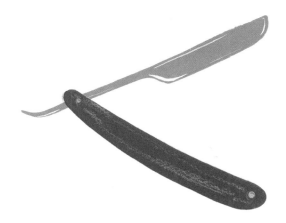

Smita le habla de Visnú para consolarla: esa ofrenda servirá para que el dios siga protegiéndolas. Pronto llegarán al mar, donde les espera una vida nueva, sin letrinas que limpiar, sin ratas para cenar. Sólo de pensar en ello, Lalita se siente reconfortada.

Lalita murmura con su madre la oración que tantas veces han recitado en su choza de Badlapur. Cierra los ojos.

Cuando vuelve a abrirlos, ya no tiene pelo. Se pasa la mano por la cabeza, divertida: es una sensación extraña. Parece la cabecita de un bebé.

Sin pelo, madre e hija se parecen más que nunca.

SCHOOL

Por fin llegan a orillas del mar. Smita encuentra trabajo en un taller en el que fabrican cometas. Le gusta mucho su nuevo oficio.

Lalita puede ir a la escuela para niños intocables: se llama Escuela de la Esperanza. Allí tratan bien a los estudiantes. Nadie les pide que barran, nadie les pega ni los azota.

Un buen día, a Lalita la aguarda una bonita sorpresa: su padre está allí. ¡Ha venido en su búsqueda! Se lanza a sus brazos. A Nagarajan lo sorprende su pelo corto. La pequeña lo tranquiliza: no tardará en crecerle.

Dentro de poco, podrá volver a hacerse una trenza.

CANADÁ

MONTREAL, QUEBEC

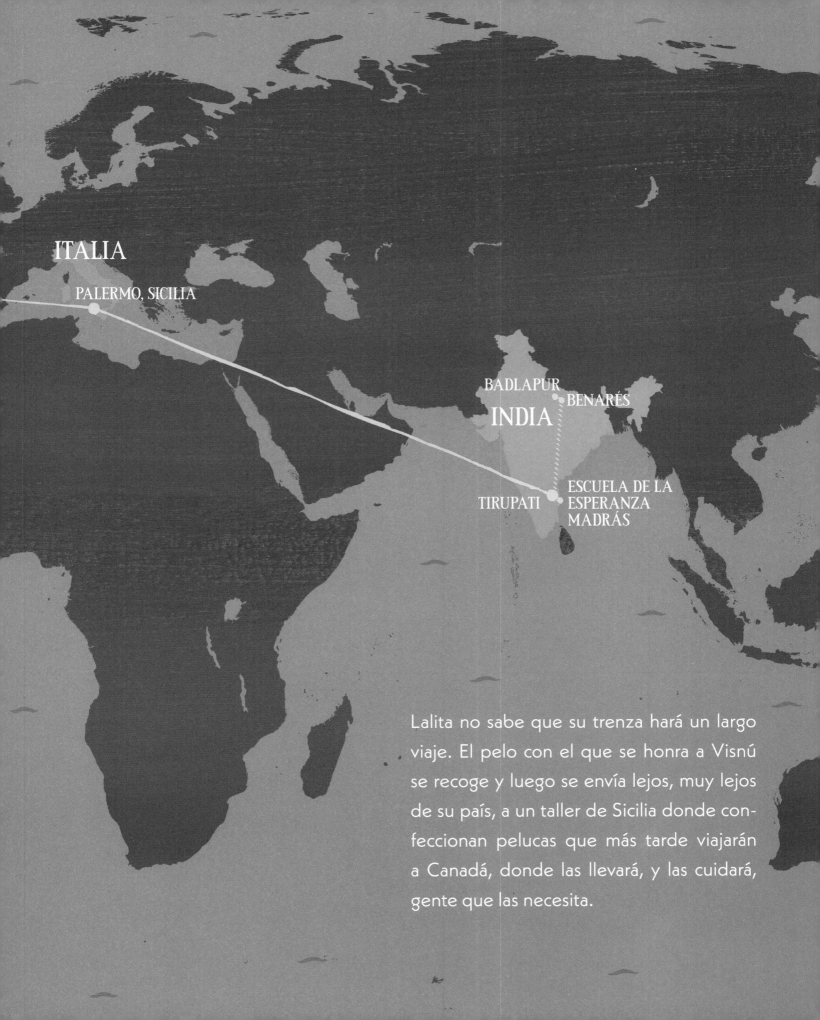

ITALIA

PALERMO, SICILIA

BADLAPUR

BENARÉS

INDIA

TIRUPATI

ESCUELA DE LA
ESPERANZA
MADRÁS

Lalita no sabe que su trenza hará un largo viaje. El pelo con el que se honra a Visnú se recoge y luego se envía lejos, muy lejos de su país, a un taller de Sicilia donde confeccionan pelucas que más tarde viajarán a Canadá, donde las llevará, y las cuidará, gente que las necesita.

Título original: *La tresse ou le voyage de Lalita*
Primera edición: marzo de 2020

Basada en la novela *La Tresse*, de Laetitia Colombani, Grasset, 2017
(*La trenza*, Ediciones Salamandra, 2018)

© 2018, Éditions Grasset & Fasquelle, por el texto y las ilustraciones
© 2020, Penguin Random House Grupo Editorial, S. A. U.
Travessera de Gràcia, 47-49, 08021 Barcelona
© 2020, Julia Osuna Aguilar, por la traducción

Printed in Spain – Impreso en España

ISBN: 978-84-9838-993-7
Depósito legal: B-1.636-2020

Impreso y encuadernado en Unigraf, S. L.
Avda. Cámara de la Industria, 38
28938 Móstoles (Madrid)

SI89937

Penguin
Random House
Grupo Editorial